자리가 비었다

시작시인선 0508 자리가 비었다

1판 1쇄 펴낸날 2024년 9월 9일
1판 2쇄 펴낸날 2024년 10월 14일
지은이 권혁재
펴낸이 이재무
기획위원 김춘식, 유성호, 이형권, 임지연, 차성환, 홍용희
책임편집 박예솔
편집디자인 민성돈, 김지웅, 정영아
펴낸곳 (주)천년의시작
등록번호 제301-2012-033호
등록일자 2006년 1월 10일
주소 (03132) 서울시 종로구 삼일대로32길 36 운현신화타워 502호
전화 02-723-8668
팩스 02-723-8630
블로그 blog.naver.com/poemsijak
이메일 poemsijak@hanmail.net

ISBN 978-89-6021-778-2 04810
978-89-6021-069-1 04810(세트)

값 11,000원

자리가 비었다

권혁재

천년의 시작

시인의 말

나를 아프게 했던 그대들

내가 아프게 했던 그대들

부디,

잘 가시라

차 례

제2부

제3부

제4부

해 설

제1부

재첩국

섬진강 여자의 나들이 옷차림이었다
물무늬 드리운
가녀린 작은 몸

벚꽃 냄새 밴 손으로 식탁을 닦는 동안

뜨거운 냄비 속에서
재첩은 강물을 뱉어 냈다

아침 일찍 나선 길에 비 맞는 여자가
몇 번이나 뒤돌아보다
남쪽으로 쫓겨 가며

벚꽃 문 입술을 단단히 다물었다

떠나간 사랑이 와서
얼굴 비쳐도 웃질 않았다

무임승차

열린 차 문 사이로 날아든 무임 승객
작은 꽃 웃음으로 슬쩍 들어앉아

바람의 핑계를 대며
목적지도 없이 가잔다

이리저리 날리며 동행을 해 달라고
이별이 보이지 않게 멀리만 가자고

열려진 창문 틈새로
날아들어 길잡이 한다

꽃값을 받기에는 너무나 가벼워
잡히는 넓이만큼 무게를 달아 봐도

두고 온 사랑보다는
못하더라, 못하더이다

저녁 밀물

땡볕 아래 내내
파헤친 갯고랑

기척도 없이 흘러든 밀물

한평생 디딘 바닥이
바닷물에 잠겼다

구순을 헤맨 발자국을 지우듯
당진 이모의 부고가

저녁 바람에 묻어왔다

자리가 비었다

한 차장이 면직되고 자리가 비었지만
계절이 바뀌어도 신입을 뽑지 않았다

그가 키우던 죽은 나무를 내다 버렸다

먼지에 덮인 의자가
눈치 보며 비꼈다

전화가 울려도 받지 못할 빈자리
지나간 공문이 폐지 더미로 쌓여도

한 차장을 기억하는 직원은 없었다

문상을 마치고 나와
붙여 대는 담뱃불처럼

한 사람의 청춘이 연기로 사라졌다

시집을 읽는 여자

눈에서 먼바다의 파도가 출렁인다

갈피에 내려앉은 물새가 흩어지고

입속을 맴도는 문장

물낯같이 잔잔하다

접속사 끊어진 구절에서 한숨 쉬다

행간의 사이마다 무릎을 툭툭 치는

굳은살 박인 낱장에

눈물방울 떨군다

영등할매

꽃샘이 둘러보는
2월의 부엌살림

쌀독은 비어 가고
식구는 늘어나네

개여울 버들강아지
눈망울에 부는 바람

쑥 냄새로 오신 듯
풀썩이는 초하루

한 해의 길흉을
두 손에 나눠 들고

까투리 울음소리에
늦추위만 놓고 가네

흔들리는 저녁

수액이 몸속에서
오전을 보냈다

상급 병원 가라는 의사의 소견에
능숙한 솜씨로 챙기는 입원 용품

며칠을 못 볼 것 같은
잘 정리된 그릇들

돌아오는 차 안에서
노을을 보았다

지혈되지 않은 노을이 번져 가며
흔들리는 나뭇잎을 붙잡아 주었다

눈 뜨면 한 저녁이,
눈 감으면 한 생애가 흔들렸다

동갑내기

장마철 눅눅한 헛간에서
춘화를 돌려보며
수음을 같이한 동지였다

술에 취한 나를 업어서
아랫목에 눕히는
든든한 지게꾼이었으며
오지랖 떨다
객꾼으로 쫓겨나도
허물을 안주 삼아 마시는
한 잔의 소주였다

수치나 수모를 견뎌 낸
동지는 이제 어디로 갔는지
딱한 사정 부탁하는 전화에
좆만도 못한 핑계만
술주정처럼 늘어놓는,

그런 한 갑자 사이
편하면서 편하지 않은

그런 뒷방 같은 세월 속에서

마음도 몸도 늙어 가며
왕년을 탓하는 철없는 동갑내기

청국장

시집온 첫날 밤 눈물 냄새가 그랬을까
옷깃을 적신 땀처럼 번지는 멧새 울음
벌어진 빈 꼬투리마다 어미 얼굴 스친다

마음속 못한 말 덩어리로 단단히 맺혀
바람에 보냈다가 달빛에 데려오는
부푼 살 쌓고 쌓으며 식구 하나 더 얹는다

밭고랑 위 밟힌 발자국에 고인 눈물방울
가마솥에 삶으면 수증기로 증발하는
어머니 여든 가마니의 생애,

콩 물이 조금 넘쳐흘러도
몸을 움츠리는 어머니

발효된 새색시 한숨이
콩꽃으로 벙근다

곡우

그녀의 우물이 바닥을 드러내자
사내들은 물을 길러 가지 않았다

뒷산의 뻐꾸기가 울어도 끊긴 발길

삭망에 발가벗어도
오지 않는 빗방울

그녀의 속옷에 핏빛이 비치는 날
사내들이 줄지어
우물 앞에 서성이다

구전을 공손히 그녀에게 주고 돌아갔다

이튿날 우물 속에서
비린내가 진동하였다

낭도* 벽화

낡은 담장으로 한 무리의 바다가 들어왔다

바람도 열지 못한 녹슨 대문 앞에
사랑이 주저앉아 울다 맞이한 사리 때

맨발로 숱한 길을 낸
담쟁이 발목까지 바다가 들어왔다

구름을 타고 온 물고기가 담벼락에 붙어
지느러미로 붓질을 해 대는 섬 같은 집

할머니 거친 손으로 덧댄 그림들이

한 겹씩 벗겨져 내리면
소금기 밴 틈새로

바다가 들어와 출렁거렸다

* 낭도: 여수에 있는 섬 이름.

큰곰자리

북반구를 떠돌던 시린 바람들은

곰의 발톱에 온몸이 찢어졌다

상처가 별이 된다는 슬픈 소식에도

환절기가 돌아오면 변성기의 곰 울음소리가

국자에 담겨 북녘으로 건너가고

몸집을 불린 곰들은 북극에서 발톱을 갈았다

중앙분리대의 고라니

고라니 한 놈을
분리대에 두고 왔다

자동차 불빛에 반사된 두려운 얼굴로

넘지도
돌아가지도
못한 고라니 한 놈을

분리대 덫에 걸려
이리 뛰고 저리 뛴

새 터로 가지 못하고 헉헉거리며

야성의
울음을 짖던
고라니는 분리대를 넘었을까

복수초

거기서 사랑한다는 말은 하지 마라
모두가 복수고 단수는 없어서

너와 나를 넘나드는 우리들 꽃이지만

오늘은 당신 혼자서
날 부르면 좋것다

저기서 앉았다 일어섰다 하지 마라
한날에 와서 한날로 가는 꽃이어서

내가 아프게 하는 당신이어서

꽃잎이 바람에 떨며
울어도 좋것다

소금빵

폐경기 여자의 젖이 다시 부풀었나

무너진 젖무덤
깊은 골 사이로

속살이 뽀얀 아기가
엉금엉금 기어가고

한평생 뜯어 먹은 딱딱한 껍질들

검게 마른 강에다
부스러기 흩뿌리며

여전히 젖몸살 앓는지
하현달에게 젖을 물리네

청량사

다람쥐를 잡아먹은 다 늙은 독사를
삼동三冬에 재우고 경칩에 깨워서는

부처님 불목하니로
청량하게 부린다

청량산 돌계단에 벗어 놓은 낡은 가사
청명에 널었다가 상강에 갈아입은

큰스님 가사 장삼에
내려앉는 빈 허물

이순耳順

설 아침 거울에서 아버지가 보였다
내가 나를 보는데 나 아닌 아버지였다

나이 들수록 나도 모르게 닮아 버린

이순의 또 다른 내가
아버지로 와 있었다

울다가 잃어버리고 웃다가 잊어버리면서
아버지의 흔적을 다 지우지 못한 채

해묵은 세월로 돌아와 서성이는

내 안의 나를 부르며
많은 길을 지나왔다

내 밖의 나를 부르며
흙먼지로 떠돌았을 아버지처럼

비로소 나는 아버지가 되었다

수덕사 느티나무

대웅전 앞마당 모퉁이에
만행을 나갔다 돌아온 스님처럼
산문을 향해 우뚝 서서 합장한다

오백 년 동안 나이테로 새긴 층층의 독경에도
해탈의 길은 멀어
허공으로만 뻗어 간 가지들

법당으로 건너오라는
큰스님의 손짓에도
세속 이야기가 궁금한지

귀가 열린 몸 쪽이 사바로 기운다

근본

흙벽에 진 목련의 그림자는 자색이었다

제 고운 빛을 내색하지 않고
그림자로 숨어든 자목련도

한 나무에서 물을 섞는 식구였다

하늘에 얼굴 비비며
웃다가 울었다 하는

낮빛이 똑같은 식구였다

문상

동남풍이 불기 전에 한번 다녀가라고
꽃들이 북진하며 자진해서 지고 있다고

부고를 듣고 찾아온
지문 없는 사람들

떨어진 꽃잎을 거두며 가다가
밟혀 문드러진 길섶에 마냥 서서

꽃 눈물 떨어트리며
조문받는 동백을 보았지

허공을 붙잡고 우는
맏상주 동백을 보았지

공현진*

먼 객지 포구 귀퉁이에서
너의 유분遺粉을 뿌렸다

뜻하지 않은 죽음은
던져 놓은 낚싯줄에

어쩌다 물린 보리멸처럼
아주 작은 몸짓으로 떨었다

못다 한 유언인 듯
채 비우지 못한 술잔들

너의 유분을 바람이 밀고 가면
물살로 받아 주는 파도의 제의祭儀

너의 무덤 자리라고
커다란 표석을 세워 두고

돌아서는 항구 뒤로
검은 눈보라가 밀려왔다

* 공현진: 강원도 고성군에 있는 항구.

제2부

어은돌*에서

썰물 때 받은 휑한 그의 늦은 부고

고장 난 배 엔진이 크레인에 매달려

화물차 적재함에 관棺처럼 내려지자

마지막 나눈 통화가

갈매기 울음으로 몰려왔다

자신의 그림자까지 가져간다는 그의 말

죽음을 품에 안고 두려워했을 그 순간이

화물차에 실려 가는 엔진처럼 무거웠는지

어은돌 해풍 속도를

추월해서 섬 쪽으로 사라졌다

* 어은돌: 태안에 있는 지명으로 해수욕장과 작은 포구가 있다.

쇄빙선

칼에 꽂힌 길들이
하얗게 갈라졌지
머리를 들이밀듯 직진하는 거인의 발길
우두둑
찢어진 길이
흰곰처럼 달아났지

그 길에서 아버지의
하얀 길을 보았지
날을 세워 늘 차고 다녔던 그 칼이
언 길을
뚫고 나가는
비수임을 알았지

습설湿雪

빈손이 된 사람들의 밥줄을 끊는 건
아량 없이 서서히 죽인다는 메시지

살아온 중량이 서로 다른 무리들

더디게 내리는 눈은
하우스의 허리를 꺾었다

자본가의 시혜는 언제나 그랬다
가벼운 듯 거짓으로 악수를 청하며

한 겹 한 겹 찬 몸을 만져 주었지만

손에 든 물먹은 솜이
천 근 만 근 관절을 눌렀다

겨울 물안개

저수지가 뱉은 거대한 입김이 떠다녔다

좌대를 타고 넘어 갈대를 흔들어 대며
떼로 뭉쳐 물가의 빈 어죽집도 덮쳤다

안개에 중독된 논은
벌벌 떨며 누워 있었다

상류로 올라갈수록 밝혀지는 진원지

기겁하여 입을 가린 사람들 앞에서
항생제를 먹은 물고기가 안개를 내뱉었다

물낯에 업혀서 가는
응급환자 숨소리로

귀신 고래

섬과 섬을 떠돌며
죽음의 소리를
해저에 묻고 귀신이 된 고래들이 있었다

제국의 포경선에 발이 묶인 대한해협

부고가 먼저 가닿는
뼈만 남은 슬픈 제의에

전장으로 끌려가
작살에 작살이 난

먼바다의 작은 섬이 된 어린 고래가
끌려간 길로 회귀하는

걸음걸이에 귀신이 붙었다

사북 전당포

간판에 불이 와도 골목이 어두운 것은
카지노 산그늘에 버려진 자동차들
유리에 붙어 있는 빛바랜 매물 쪽지
바람에 날려 와 가려지는 가로등 때문

한밑천 잡자고 덤벼든 객기에
남자는 자동차로 여자는 몸뚱이로
저당을 잡힌 채 발이 묶인 사람들

녹이 슨 차량이 밤늦도록 이슬 맞고
몸을 팔던 여자는 천식으로 늙어 간
전당포
탁자에 쌓인
주인 없는 문서들

밤 도계읍

도계읍의 밤길은
주검같이 싸늘하고
체머리를 앓는 사람처럼 흔들렸다
막다른 갱도 속에서
어쩌자고 우는 새들,

무너진 막장에서
새들은 죽었다
날개가 꺾이고 다리가 부러진 채
아침의 짧은 인사가
새끼에겐 유언이 된,

밭은기침이 삭도를 타고 쫓아와
바람에 섞여 읍내로 들어섰을
그 시각 밤에 이르는
새들은 날지 않았다

새에 이르는 밤*들 또한 오지 않았다

* 박잎의 작품 「새에 이르는 밤」의 제목에서 인용.

화절령花折嶺

참꽃을 따 먹은 사내들이 죽었다
죽어서 한데 모여 탄부가 된 사내들은
마지막 탄차를 밀며
참꽃들을 뱉었다

새들이 메아리로 돌아와 울었다
부러진 꽃가지가 길을 낸 산마루
태백선 끊긴 소식에
천년 한도 꺾였다

참꽃 꺾어 막장 속 숨소리가 나는지
심장에 갖다 대고 쓸쓸히 들으면
오래전 불탄 집에서
우는 탄부가 있었다

철암역

광부의 발자국이 햇볕에 밟힌다
끊어진 햇볕이 역두에 서성이는
차편을 놓친 발길에
탄가루로 얹힌다

객차가 안부 대신 기적을 울려 대면
조금씩 흔들리는 까치발 건물*들이
탄부의 기침을 덮고
잠자리에 눕는다

광부의 업만큼 높이 쌓인 저탄 더미
선탄을 막 끝내고 탄차에 또 실어도
한없이 버티고 서서
진폐로 늙어 가는 집

* 까치발 건물: 철암역 앞에 있는 석탄 산업이 한창일 때 지어진 상가 건물로 지금은 철암탄광역사촌 건물로 보존하고 있다.

셀프 주유소

상냥한 말투에 버튼을 꾹 누른다

입력한 액수만큼 기름을 뱉어 내며

주유구 꽂힌 호스가 뱀처럼 꿈틀거린다

배가 잔뜩 불러 자동 차단된 주유기

하루치 작업량을 트림으로 게워 내고

구겨진 영수증을 문 휴지통은 처연하다

환승역

예보에도 없는 소나기가 내렸다
전철도 덩달아 연착되어 늦어졌다

오래된 것들의 시간도 더뎠다

방향을
바꾸는 일은
잃은 길을 찾는 것,

인파 속의 인파에 밀리는 낯선 길들
하루의 노동이 힘에 부쳐 탈선하는

브레이크 소리도 오래전의 환청이 되었다

아내의
작은 손짓에
오랜 집이 보였다

25초의 침묵

뉴스를 마감하는 손석희의 앵커브리핑
동갑내기 노회찬을 추모하는 말을 하다
25초의 울컥한 침묵이
화면을 정지시켰다

25년 같이 산 목숨으로도 대신할 수 없게
허물을 존중해 주는 그 긴 침묵이
친구를 친구답게 떠나보내는
거룩한 시간이었지만,

진짜 부끄러움을 모르는 자들에게는
짧고도 긴 침묵의 경고였으리라

입산

독사가 개구리를
잡아먹다 늦은 길

비늘이 흔적을 지우고 흩날린다

늦가을 햇볕을 쬐며
구멍마다 혀를 넣고

사람 냄새 빠져나간
옷들을 거풍하는,

산마루 중턱에서 바람이 배웅하며

한 번 더 등짝을 치니
빈 바랑이 출렁인다

광주에서

북쪽으로 드러누운 새하얀 사람들
단풍잎 떨어져 이불처럼 덮어 준다
어디서 하관이라고
잔을 치는 목소리

생시는 달라도 죽은 날이 비슷한
금남로 뛰어가던 옛적의 가쁜 숨이
함성을 치며 떠돌다
귀가가 늦은 망월동

광주에 가거나 광주 사람 만나거든
밑으로 낮게 낮게 빗들을 털어내도
뜨겁게 맞잡은 손에
야윈 달이 걸린다

빈 정거장

몰려든 낙엽들이 구석으로 빙빙 돌며
아침 차를 타고 떠나간 발자국을 지운다
가끔은 눈물에 젖은
종이가 눌어붙어

실종된 사람의 정보를 지워 버리고
뜬소문만 유리 벽 너머로 밀어 넣는
바람의 투명한 손이
버스를 향해 흔든다

잊어버린 짐같이 앉아 있는 해그림자
누가 오는지 내다보며 자리를 바꾸는데
재빠른 버스 경적이
먼저 털썩 앉는다

태백선

저탄장 더미에서 날려 온 탄가루가
빈 탄차 적재함 너머로 사라진다
광산에
불이 꺼져야
태백선도 잠드는 밤

고한역 앞에서 막소주를 마시던
탄부들의 목소리가 검은 골목을 떠돌고
선로 위
지친 탄차가
돌아보는 추전역

산과 산을 이어 주는 바람의 신호가
마지막 전갈이 될 것 같은 예감에
태백산
깔린 선로가
불면으로 뒤척인다

춘양*

봄이 멈춘 건널목 기차가 건너가며
아가씨 붉은 입에 기적汽笛을 뿌려 놓네

기찻길 돌 틈으로
돋아나는 봄 얼굴

바람이 역을 나와 서두르는 장터 길
나긋한 사투리에 낯선 객들 마음 여네

춘향이라 잘못 불러도
춘양으로 새기는,

춘양목 결 곧은 단단한 나이테처럼
춘양 사람 마음 자락에 끝없는 길이 있네

우듬지 너머 하늘도
닿지 않는 한 길이,

* 춘양: 경북 봉화군에 있는 지명.

새는 물도 이유가 있다

욕실 천장에서 바닥으로 떨어진 물방울
얼마나 울고 싶었으면 색깔이 노랗다

한 방울 외로운 무게 물도 버거웠구나

물이 떨어지기까지 석회 고드름을 만들고
방울, 방울 밤마다 금 간 벽을 두드리며

저 혼자 길을 만들고 천장을 기어다녔구나

어둠의 공간에서 바닥의 공간까지
외로움 높이만큼 떨어져 내리며

조금씩 새는 물들도 하고 싶은 말이 있었구나

만항재

탄차가 비었거든 내 짐을 받아 주오
정상이 너무 높아 어깨가 내려앉고
다리가 자꾸 후들대
온정신이 하나 없소

능선은 보기 좋게 저리도 배부른데
수저를 내려놓기 무섭게 배가 꺼져
내 발로 지고 걸어도
내 걸음이 아니오

산일하는 사람은 뒤를 보지 않으오
뒤에서 따라오는 사람은 죽은 자요
여기서 내려가거든
산꾼으로 환생하오

들고나는 탄차의 길을
열어 주는 산꾼이 되오

통천문

저주의 바람들이

이마를 찧었다

야수의 울음들은

메아리로 돌아섰다

사람이 되지 못한 것들만

문 앞에서 기웃거렸다

사북

진폐로 앓았던 폐광지를 훑으며
광부의 녹슨 연장을 챙겨 온 검은 바람
장마당 늘어진 천에
불심검문 당한다

여관은 모텔로 다방은 마사지 가게로
경쟁하듯 간판을 내다 거는 골목길
이국의 여인 웃음이
길바닥에 떨어진다

이러자고 항쟁을 했냐며 통곡하는
막장에 뼈를 묻은 동지들의 원혼이
기차를 타고 떠돌다
사북역에 내린다

제3부

두 새벽이 울다

새벽을 밟으며 화엄사 가는 길
가로수 밑 벤치에서 들리는 새소리

다가가 들으니 새벽의 울음이었다

남녀가 새벽을 안고
불이문에 갇힌 채,

새벽이 검은 실루엣에 눌려 우는 새벽
경내로 번져 가는 새벽의 숨소리가

대웅전 문살을 뚫고
부처에게 안겼다

두 새벽이 한 새벽을 만드는 울음은
계곡을 거슬러 달궁에 이르렀다

눈물을 쏟아 내면서
두 새벽이 울었다

벚꽃 편지

바람 불면 다 진다고
늦기 전에 서둘러
올해는 꽃다운 벚꽃을 꼭 보자고

아이 둘 앞에서 단단히 약속했지만

기어이 잔업에 매여
벚꽃에게 편지를 씁니다

허투루 하지 않은 간절한 말이니
보름만 버텨 내어
함부로 지지 말라는

계절의 반칙을 절절히 부탁하며

떨어진 꽃잎을 줍는
가장의 눈에 꽃물이 어립니다

젖샘 막걸리

어머니 젖에서 막걸리 냄새가 났다
바다의 눈물을 당집에 걸쳐 놓고
조금씩
샘터로 내려
지게미만 남은 젖가슴

뱃일에 지친 퍼런 하루의 땀내를
어머니 고된 술밥과 누룩으로 띄워
막걸리
거를 때마다
마른 젖도 짜내는 낭도 젖샘

늦은 페친 수락

새가 되고 싶은 사람이 날아갔다
패러*를 타고 하늘 속으로 날아간 새

갈 때를 모르다
가는 사람이 있었다

가는 곳 또한 모르고
가는 사람이 많았다

달포 전 받은 선배의 부음 문자
어제처럼 또렷이 눈물에 젖었는데

오늘은 페친을 하자고
웃는 그의 얼굴

영영 떠나지 못하게
수락 버튼을 눌렀다

* 패러: 패러글라이딩.

억수

간절한 기다림을 대신해 주던 이가 있었습니다
떠나가는 발길을 묶어 둔 이도 있었습니다

새벽부터 한밤까지 내내 울던 푸른 비

무너진
도랑 사이로
한사랑이 쏟아져 내렸습니다

측량할 수 없는 사랑이 떠내려갔습니다
예측할 수 없는 기다림도 다가왔습니다

당신을 온전히 잊는 순간부터 영겁까지

한자리,
한 땅 위에서
억수로 서 있던 사람이 있었습니다

묵밥

밥그릇에 담아도 먹을 수 없는 헛것이다

처음부터 숟가락으로 한 수저 떠 올려도

미끄러 떨어져 내려
본 곳으로 돌아간다

다시 또 수저로 천천히 퍼 올려도

먹고사는 일이 미끄러운 것인지 자꾸 떨어지고

불안한 길을 흔들며
헛것으로 떨어진다

가변차선

시간이 녹으면 터지는 폭탄이지

이즈음일까 발을 디뎌 차츰 좁혀 가면
바뀔 듯 깜박거리는 붉은 신호등

사는 게 그러하다지
때도 없이 변한다지

달리는 버스 위로 별이 떨어지지

어디든 가라고 좌표를 찍어 주는
시선을 정면에 둔 길들의 교대 시간

오늘도 수고했다고
손을 털며 지나가지

만조滿潮

죽은 둘째 형이
온몸이 젖은 채로
나를 불렀다
물기를 털며 나를 불렀다

물에 불은 발가락이
물갈퀴를 접은 듯
가지런히 붙어
꼼지락거렸다

저녁을 비운 물길에
가벼워진 형의 몸뚱이는
둥둥 떠다녔다

어머니가 신발도 벗지 않고
물속으로 뛰어 들어가
형의 얼굴을 감싸안았다

사제의 열애

죽어 가는 사제에게 열애가 있었던가
태워도 재가 되지 않는* 믿음은

길바닥에 드러누운 환자의 눈빛에서

기도로 사랑을 태우며
아파했던 사제여

노래를 부르는 사제의 등 뒤로
계절이 물들고 죽음도 물들어 온다

톤즈와의 열애는 끝나지 않았는데

죽음을 열애로 맞는
얼굴빛이 환하다

* 이태석 신부가 죽기 전 마지막으로 부른 윤시내의 노래 〈열애〉에서 인용.

세상이 무섭다

바위를 조금 넓혀
얼굴을 내밀고

좌우의 식솔들도 조금씩 밀어내다

한순간
걸음 멈추고
궁금해서 들어 보네

반 열린 귀를 대고
듣고 또 들어 봐도

예전의 바람 아닌 바람 부는 소식에

마애불
뒷걸음하다
굳어 버린 발걸음

횡풍

나무 밑에 뒹구는 사람의 무리들
바람에 예리한 칼날이 있는지

바람이 지나가면 멀쩡한 사람들이

바닥을 치며 떨어져
낙엽처럼 쌓인다

고독사가 늘었다는 뉴스에 가려워지는 몸
가려운 곳은 항상 손이 닿지 않는다

효자손으로 긁어도 마음 같지 않은 손

가끔은 뜻하지 않게
지나치는 답답한 것이 있다

담 결릴 듯이 가로지르는 게 있다

바닷가 아그배나무

아그배나무가 바다에
꽃 문신을 새겼다
밀물 때 사라졌다
사리 때 드러나는
갯벌의 치골 위에다
부표처럼 새겼다

포구로 회항하는
배들의 어깨에
훈장처럼 꽃잎을
후두둑 떨어트리며
먼바다 비린 사랑을
해감하는 아그배나무

나어린 하얀 신부가
바람에 흔들리며 서 있었다

물앵두

새의 눈물인 줄 알았는데 설익은 열매였다

새가 울 때마다 눈물을 흘리는 사람이 있었다

찻잎을 다듬는 종부의 손이 작고 검었다
깊게 파인 주름 사이로 드러난 눈동자에
구름이 들어차 눈물방울로 떨어졌다

툇마루를 쓸다 간 햇볕이 숨 고르는 고택
나이테가 벗겨진 기둥에 모시 자락 날리는 소리가
문살을 얌전히 건너오면

헛기침 신호에 맞춰
물을 긷는 물앵두

새 울음이 뒷산 메아리로 샘터에 내려오면
샘 물결이 종부의 작은 손등에 와 닿았다

사랑을 반환한다

우체국에서 사랑을 택배로 보낸다
사연도 쓰지 못한 빈칸의 여백들

번지 없이 떠돈 그대의 계절에서
피고 진 꽃과 낯선 이름을 적는다

사소한 투정으로 거리가 멀어지고
열정을 잃어버린 시간들이 밀려와

수취인 불명의 사랑은
한결같이 가엾다

한마디 변명 없이 사랑을 반환한다
사랑은 도둑맞고 훔치는 것이어서

한곳에 머물 수 없도록 살이 낀다

하나의 사랑이 메시지로 왔다가
메타포로 떠나가는 우체국 안에서

>

그대의 주소가 없는

미등기로 사랑을 반환한다

일회용 종이컵

계약서도 쓰지 못한 업무의 대타자다
백지의 문서거나 빈 용기로 쓰러질 때

비정규직 임시 파견 노동자의 직책에

가득 찬 설움이 넘쳐
말라 버린 커피 자국

문신같이 꾹 눌러쓴 간절한 구호들
먹다 남은 커피에 담뱃재로 지워지고

물에 불은 종이컵은 쓰레기통으로 던져진다

한 개의 빈 종이컵이
책상에서 굴러떨어진다

난각卵刻

당신을 스친 손이
조각난 알 껍질을

편자 박듯 아사한 떨림으로 끼워 넣는

캔버스 모서리마다
탁란 흔적 지천이다

작은 길 더듬으며
큰길로 나아가는

아찔한 지문을 석탑에다 문질러도

불사에 지친 보살의
발걸음이 하얗다

문턱이 닳는다

간월암 넘나드는
문턱이 닳아 있다
한밤중 초승달이
깎아 낸 물그림자

달빛에
바다를 건넌
무학대사 발걸음

윤슬에 선잠이 든
파도를 잠재우고
가벼운 걸음으로
디디신 경전 무늬

독경에
백중사리도
몸을 낮춘 만행 길

4월

목에서 비린내가
온종일 올라오네
따뜻한 밥 먹고 싶다던 아이들이

연둣빛 새싹으로 재잘대며 오는데

계절은 다시 미쳐서
안아 주지 못하네

아파도 아프다고
말 못 하는 사람들은
기억을 기억 속에 켜켜이 넣고 사네

세상이 바뀔 때마다 검은 손들이

기억을 덧칠해 대는
부끄러운 달이여

배우 김주혁 묘 앞에서

봄이라고 다시 봄이라고 말하다가
바람이 빚은 가르마 같은 길섶 위에

무수히 다녀간 배우들의 기도에도

너에게 못다 한 말이
아직도 참 많구나

서풍이 분다고 온몸을 젖혀 봐도
노을에 묶인 발만 빨갛게 물들어서

동료들의 지문과 대사를 받아 주며

카메라 메인 풀 숏에
대본대로 눈 감는다

조금 때

바다가 조금이라서
갯벌 항아리에
물을 채우다 말았다

나도 조금의 바다를 닮아
당신을 내 심장에
다 넣지 못했다

사랑은 항상 부족했다

가을 초승달

바다에 누운 달이 잠을 보채는 밤
밤바람 한 자락 입술에 갖다 대도
어릴 적
어미 젖내가
아닌 듯 고갤 돌린다

배내옷 걷어 내고 온몸을 씻은 달
조금씩 부푸는 희디흰 눈썹으로
어머니
광목천같이
빨랫줄에 얹힌다

제4부

평택역

안내 방송에도 평택을 지나친 당신
마음만 플랫폼에 보따리같이 내려놓고
들녘 바람에 눈물 훔치며 차창 밖을 보던 작은 얼굴

역 광장에서 헤살대며 당신을 기다리던 가을은
입 싼 바람을 따라 떠나가 버리고
하차하지 못한 당신을 안내하듯이 기적이 울린다

기다림이 내일로 연착되어도
객차에서 들판으로 쏟아져 내린 당신의 미소가
노을이 되어 들어와 곱게 앉는 대합실

그녀의 말

미안하다는 말이 슬프게 들릴 때가 있다

어쩌다 밥 한번 먹는 자리에서
눈물을 수저로 뜨며

밥값도 없이 너무 오래 산다는 그녀의 말

겸손한 말씀 속에 울컥 돋는 잔인한 말

슬픔도 재산이라며
능청 떠는 이순의 아들에게

맨손을 내밀며 줄 것이 없다는 그녀의 말

너울로 천천히 와 닿는 눈 언저리
그녀의 속울음이 찰방찰방 들썩이며

늦철 든 늙은 애비에게
유언처럼 하는 말

>

미안하다는 말이 슬프게 들릴 때가 있다

당진 이모

구순까지 쌓아 온 뒤란의 삭정이들

떨어진 문짝 사이 막내처럼 들여놓고

구멍 난 굴뚝으로 별이 들면 불을 지핀다

어두운 길을 타고 연못에 닿는 연기

이 빠진 낫자루 걸어 둔 담벼락 뒤로

새벽을

깨우며 우는

멧새 같은 목소리

접시꽃

꽃대마다 빈집의 그림자를 밟고

대문 앞 기둥 너머로 목을 길게 빼서

집 비운 주인의 냄새를 맡는지 코가 커진다

지나치는 사람에게서 귀에 익숙한

어머니 같은 잔소리가 마당에 가득 차면

붉은 얼굴 위로 꽃가루 눈물 떨어진다

하염없이

형광등 불빛이 침침한 병실 바닥
아버지 눈동자로 바람이 불어 갔다

바람처럼 떠나지 못한 빈 몸집만

눈가에 맺힌 눈물로
부려 놓은 짐인 듯,

임종도 임종임을 알지 못한 아들이
아버지 눈물을 눈치챌 수 있었을까

가신 후에 어두운 형광등을 탓하며

그것이 암시였다고
마뜩잖은 핑계를 대는,

마음이 이 마음인지 저 마음인지 알 수 없어
아버지 가는 대로 좇으며 엉엉 우는

애간장 후벼 대는 소리가 하염없이,

>

아들의 작은 가슴을

언뜻언뜻 멍들게 하였다

우수雨水

사는 게 짐만 된다고

넋두리하는 어머니

아흔 해 삭힌 눈물

큰 강줄기로 흘렀지

막둥이 마른 손등에

눈물져도

들키지 않게

묵정밭

아내가 꽃밭에서 마지막으로 울었다
더 이상 꽃 피지 않는 석녀가 되어

몸을 묵히고 식은 사랑도 묵혔다

꽃잎에 맺힌 눈물이
고백같이 떨었다

잡초 덤불로 덮여 가는
아내의 어깨도 떨었다

짧은 손가락

의수義手를 끼운 중지中指
젊은 날도 잘리고
대못 박힌 합판을 억장으로 쌓는다

생살을 헤집어 놓은
늦가을 밤 개가 짖는다

찢겨진 어둠이
찬찬히 물들며
안방으로 들어와 울먹이는 손에 닿자

어머니 짧아진 생이
큰 산으로 무너진다

아득한

세수하고 일어서다 척추뼈가 깨어져

전화기 만지며 망설이는 어린 어머니

식탁에 차려 놓은 밥그릇이 식어 간다

엉금엉금 기어가 다시 전화기를 잡고

막내에게 전화하는 새에 흐르는 눈물

부러진 척추뼈보다
오래 살까 큰일이다

빈 배

빈 배에 안개가 실린다
안개의 무게에도 출렁이는 배

포구의 앞산에서 넘어오는 안개
밤새 뒤척인 잠의 자세로 깨어나
서서히 다가온다

빈 배에 안개를 실어도
배는 출항하지 않는다
안개의 얼굴이 사라질 때까지
갑판에 서 있는 승진호 선장

아내를 데려간 안개에서
어제 먹다 남은 술 냄새가 난다
집으로 돌아오는 아내의 발자국인 듯
대문 앞에 안개가 서성인 물 자국이 있다

노을의 미늘

사람에 치인 하루를 따로 떼어 놓고

구름이 탕진한
바람의 외상값도

거붓한 야윈 노을로
허공에다 걸어 놓는다

갈기를 세우고 평원을 내달리던

짐승의 소리는
몸에서 빠져나가

서럽게 물든 저녁을
바람으로 훑는다

목선

썰물이 나서도 따라가지 못한 남자

병든 몸으로 가계를 꾸려 온 갯내가
끊어진 닻줄에 매여
발걸음을 떼지 못하네

한 생을 잊기 위해 바람의 눈이 된 여자

밀물로 돌아오는 힘겨운 물고기같이
길목에 미리 나앉아
죽을 만큼 뱉은 울음

말보다 무거운 사랑이
포구 외진 곳에 묶여 있네

거풍

녹이 슨 파란 대문
헌 담장 너머로
빨랫줄에 늘어진 어머니의 바랜 속옷

무지갯빛 바람이 길을 내며 지나간다

줄 위에 부푼 꽃 무리
허공마다 향긋하다

빛바랜 꽃무늬가
하늘에서 흩어지면
눈물이 밴 홑이불로 감싸는 어머니

여든 생의 냄새가 휘발되는 한낮에

뒤돌아보면 볼수록
스친 것은 바람뿐

겨우살이

어머니 만삭으로 땔감을 주우시네
가지에 얹힌 탯줄 손으로 끊어 내며
하늘 속
요람 만들어
바람으로 흔드네

어머니 바닥까지 내려도 닿질 않네
허공에 빈 가슴을 내놓고 물려 봐도
퍼렇게
물든 입술은
젖꼭지를 못 찾네

어머니 힘드신지 이제 나를 내려놓네
내 갈 길 찾으라고 세상으로 밀어 넣네
캄캄한
밤길 속에서
날 부르는 어머니

비밀을 듣다

연주에 만 가지 비밀이 차올랐다
귓속을 스며드는 음계의 조각들
늑골을
흔들어 대며
대나무 우는 소리

겹겹이 쌓아 놓은 바람의 흐느낌에
전신을 떨게 하는 쓰나미 같은 파문
한 가닥,
흘러내리면
또 와 닿는 잔물결

소리가 소리를 덮쳐서 비밀이 된
대밭에서 통곡을 유산한 핏줄들이
대나무
마디마디에
울음을 넣어 놓았다

맹지盲地

담장이 허물어진 집은 눈이 멀었다

대문 앞 곳곳을 폐쇄한 거미줄
툇마루 섬돌에 놓인 낡은 신발짝

마당을 뒤덮은 잡풀에 가려져
노구의 생사를 가늠할 수 없었다

유기견 디딘 걸음에
길이 꺼진 오랜 집

사람의 온기가 서서히 식으면서
방방이 들어찼던 사람의 냄새들도

묵은 길을 지우며 옛길로 돌아갔다

인적이 끊긴 안방에
찢어진 지적도 얌전히 누워 있다

만행

먼바다 파도를 타고
물골을 가로질러

갯벌을 오체투지로
조금씩 공양하며 오는

저 물낯의 부드러운 힘은
포구에 가부좌 중인

번민 많은 승진호 배를
서서히 들어 올린다

원고료가 들어온 날

원고료가 들어오자 범칙금으로 나간다
시 한 편 금액이 말도 없이 떠나간다

시를 엮는 속도로 과속한 집중력

첫 행에
우수리 떼고
이월하는 미완성작

과속에 흩어지는 가벼운 시어들
할 말이 많은 입만 카메라 앞에 서서

속도를 초과한 만큼 사정을 늘어놓고

오늘도
겸손하자고
몸을 낮춰 쓰는 시

타투 아티스트

기원전의 하늘에도 보름달이 있었던가
알타미라동굴에서
들소가 새끼를 낳다

검은 돌 위에 흘린 피로 주술사가 그린 그림

어미의 붉은 젖물이
새까맣게 떨어진다

벽화에 그려진 사슴의 곧은 뿔이
후대의 어린 사슴
살갗을 긁어 대며

유전자를 찾아 푸른 멍으로 물들이는

기원후 개기월식에
들소가 죽은 새끼를 낳는다

뮤지컬 배우

죽기 전에 부른 노래 중 절창이다

가시가 눈동자에 깊게 박힌 상처로
은하수 물결 타고 남실대는 우수의 눈

사랑은
혁명과 함께
잊힌 지 한참 된,

각혈이 시작되고 목이 부은 채
폐부 깊숙이 들어앉은 오랜 한을

한 겹 벗겨서 손끝으로 내던지는

무대 위
시린 바람이
암전으로 떠돈다

동명이인

사진작가 권혁재에게 갈 문자가
시 쓰는 권혁재에게로 와 닿았다

받은 권혁재가 권혁재로 넘겨주는

따뜻한 인사의 말이
곱빼기로 늘어났다

저쪽의 권혁재가 이쪽의 권혁재로
안부를 묻는 새에 답하는 권혁재 또 있다

권혁재! 하고 부르면
손 흔드는 권혁재들

해 설

낮고 작은 것들을 위한 환대의 노래

이형권(문학평론가)

> 갯벌을 오체투지로/ 조금씩 공양하며 오는// 저 물낯의 부드러운 힘은/ 포구에 가부좌 중인// 번민 많은 승진호 배를/ 서서히 들어 올린다
>
> —「만행」 부분

1. 몸을 낮춰 쓰는 시

이 시집을 열면, 세상에서 가장 낮고 작은 것들을 향한 경배의 시간이 펼쳐진다. 경배의 대상은 재첩, 탄광 노동자, 늙은 사람, 죽은 친구, 가난한 어머니, 실패한 사랑, 시골의 작은 역사驛舍, 초승달, 빈 배, 앵두, 복수초, 눈물방울 등이다. 이들은 오직 높고 큰 것만을 지향하는 욕망이 고층 빌딩처럼 치솟은 이 시대의 낮은 곳에서 웅크린 듯 작은 모습으로 존재한다. 이들은 누구나 높은 곳에서 살기를 욕망하고, 큰 것을 차지하고 싶은 이 시대에 오롯이 소외된 존재들이다. 사람들은 이들을 외면하거나 무시하거나 무가치한 것으로 여기면서 자신의 높고 큰 욕망을 향해 앞으로만

달려 나간다. 그러나 시는 언제나 낮고 작은 것들과 함께 포용과 상생의 가치를 실현하고자 하는 언어공동체를 지향한다. 시가 낮고 작은 것을 지향하는 것은 진리의 비은폐성을 역설적으로 지향하는 언어 예술이기 때문이다. 하여 시는 아무리 높은 것도 낮은 곳에서 시작되며 아무리 큰 것도 작은 것에서 출발한다는 진리를 드러내는 데 바쳐진다. 이런 연유로 시인은 낮고 작은 것들과 눈높이 혹은 말 높이를 맞추기 위해 몸을 낮춘다.

첫 행에
우수리 떼고
이월하는 미완성작

과속에 흩어지는 가벼운 시어들
할 말이 많은 입만 카메라 앞에 서서

속도를 초과한 만큼 사정을 늘어놓고

오늘도
겸손하자고
몸을 낮춰 쓰는 시

—「원고료가 들어온 날」 부분

이 시는 권혁재 시인의 시적 자의식을 잘 드러낸다. 제

목인 "원고료가 들어온 날"은 시 창작을 대가로 금전적 보상을 받은 날이다. 그러나 시인은 자신의 시가 과연 그러한 보상을 받을 만한 것인지 의문을 품는데, 이는 진실과 겸양을 바탕으로 삼는 성찰의 마음이다. 시인은 자신의 시가 항상 "미완성작"임을 생각하면서 "과속에 흩어지는 가벼운 시어"로 구성되었다고 여긴다. 언제나 충분한 숙고와 성찰의 과정을 거치지 못하고 시간에 쫓겨 "속도를 초과한" 시 쓰기를 해 왔음을 반성하는 것이다. 사실 세상의 모든 시는 낭만적 아이러니 차원에서 보면 모두 "미완성"이지만, 다수의 시인은 보통 자신의 시가 완성된 것으로 생각하곤 한다. 그러나 이 시에서 권혁재 시인은 자신의 시가 지니는 불완전성을 성찰적으로 인식하고 있다. 튀르키예의 시인 나짐 히크메트(N. Hikmet)가 노래했듯이 "가장 훌륭한 시는 아직 지어지지 않았다"(「진정한 여행」)라고 생각한다. 하여 "가장 훌륭한 시"를 위해 "겸손"의 마음으로 "몸을 낮춰 쓰는 시"를 쓰고자 하는 것이다. 이는 권혁재 시인이 이 시집에서 낮고 작은 것들을 환대하면서 위대한 정신세계에 도달하려는 역설의 시심과 다르지 않다.

2. 낮고 작은 것들에 바치는 언어들

인간은 근본적으로 낮은 곳에서 작은 것으로 태어나는 존재이다. 인간은 자연 생태계에서 다른 생물들에 비해 자생

력을 갖추는 데 더 많은 시간이 필요하다. 하지만 그러한 시간이 지나고 나면 만물의 영장이라고 불릴 정도로 가장 강한 존재로 다시 태어난다. 인간 가운데 어머니는 자식을 위해 스스로 세상에서 가장 낮고 작은 존재를 자처한다. 어머니는 자식을 위해 모든 것을 내려놓고 자신을 낮춤으로써, 자식들이 삭막한 세상과 거친 대자연의 환경 속에서 당당하게 살아갈 수 있게 한다. 어머니 혹은 모성이 위대한 것은 이처럼 자식을 위해 스스로 낮아지고 작아지려고 하기 때문이다. 이때 낮고 작아지는 것은 오히려 자신의 가치를 높고 크게 만드는 역설적인 행위라고 할 수 있다.

어머니 만삭으로 땡감을 주우시네
가지에 얽힌 탯줄 손으로 끊어 내며
하늘 속
요람 만들어
바람으로 흔드네

어머니 바닥까지 내려도 닿질 않네
허공에 빈 가슴을 내놓고 물려 봐도
퍼렇게
물든 입술은
젖꼭지를 못 찾네

어머니 힘드신지 이제 나를 내려놓네

내 갈 길 찾으라고 세상으로 밀어 넣네

캄캄한

밤길 속에서

날 부르는 어머니

—「겨우살이」 전문

이 시에서 "만삭"의 "어머니"는 "겨우살이"를 위해 "바닥"에서 "땔감을 주우시"고 있다. 하지만 "어머니"는 "바닥"이 낮은 곳에 존재하더라도 자식들에게는 그러한 삶을 물려주고 싶지 않아 "하늘 속/ 요람 만들어" 주는 존재이다. "어머니"는 스스로 한없이 낮은 "바닥까지 내려"가는 삶을 살아가고 있지만, 자식들은 밑바닥 같은 삶을 살아가지 말라고 "빈 가슴"이나마 "내놓고 물려" 보고 있다. "어머니"가 자식이나 가족을 위해 힘든 몸을 이끌고 노동과 육아를 동시에 수행하는 모습은 성자의 그것과 다르지 않다. 그런데 가난과 기근으로 "퍼렇게/ 물든 입술"을 가진 자식들이 "젖꼭지를 못 찾"는 것을 안타깝게 생각하는 데 머물지 않는다. "어머니"는 자식들이 삶의 용기와 지혜를 얻기 위해서는 험한 세상에 나아가야 한다는 점을 알고 있다, 하여 "어머니"는 "바닥"이나 "허공"의 삶 속에서도 "나를 내려 놓"고 "내 갈 길 찾으라고 세상으로 밀어 넣"는다. 이것은 어려움을 마주해 봐야 진정한 생명을 얻을 수 있다는 역설적 사랑의 행위이다. 다른 시에서도 "어머니"는 "지게미만 남은 젖가슴"에서 "마른 것도 짜내는 낭도 젖샘"(「젖샘 막걸리」)의 주인공이고, "눈물"로 얼룩진 "여든 가마니의 생애"마저도 "콩꽃으로 벙근다"(「청국장」)라고 할 때의 위대한 존재이다.

이 시집에서 낮은 곳에 작게 존재하는 것은 어머니뿐만이 아니다. 이를테면 고달픈 광부, 가난한 가족, 죽음, 못다 한 사랑 등도 낮은 곳에 존재하는 것들이다. 이 가운데 가난한 광부와 가난한 가족은 사회적 타자라고 할 수 있고, 죽음이나 못다 한 사랑은 정신적 타자의 영역에 속하는 것들이다. 이들은 낮은 곳의 작은 존재들이지만, 인간 사회와 인간 정신을 구성하는 긴요한 존재이다. 가령 고달픈 광부는 현실 사회에서 그 존재 가치마저 보장받지 못한 소외된 존재지만, 오늘의 풍요로운 사회를 가능하게 한 디딤돌 역할을 하는 소중한 존재이다.

광부의 발자국이 햇볕에 밟힌다
끊어진 햇볕이 역두에 서성이는
차편을 놓친 발길에
탄가루로 얹힌다

객차가 안부 대신 기적을 울려 대면
조금씩 흔들리는 까치발 건물들이
탄부의 기침을 덮고
잠자리에 눕는다

광부의 업만큼 높이 쌓인 저탄 더미

선탄을 막 끝내고 탄차에 또 실어도

한없이 버티고 서서

진폐로 늙어 가는 집

—「철암역」 전문

이 시의 "철암역"은 강원도 태백시의 철암 지역에 있는 철도역이다. 한때 무연탄을 대한민국 각지로 보내는 역할을 하였으나, 현재는 석탄 산업의 쇠퇴로 인해 그 위상이 많이 떨어진 역이다. 그곳은 이제 한 시절 사람의 온기가 사라지고 철 지난 "광부의 발자국"만이 쓸쓸하게 남아 있는 곳이다. "끊어진 햇볕이" 마치 "차편을 놓친 발길에/ 탄가루로 엉히"은 모습은 그 폐허의 풍경을 강조한다. 어쩌다가 운행되는 "객차"의 "기적" 소리에 철암역 앞의 낡은 "까치발 건물들"이 "잠자리에 눕는다"라는 것도 마찬가지다. 역 근처에 산처럼 쌓인 "저탄 더미"도 한때는 풍요의 상징이었지만, 오늘에는 "광부의 업만큼 높이 쌓인" 달갑지 않은 물건일 뿐이다. 하여 "철암역"은 "진폐로 늙어 가는 집"이라고 할 수밖에 없다. 그곳은 "오래전 불탄 집에서/ 우는 탄부가 있었다"(「화절령」)라고 할 때의 "불탄 집"과 다르지 않다. 또한, "막다른 갱도 속에서/ 어쩌자고 우는 새들"(「밤 도계읍」)과, "녹이 슨 차량이 밤늦도록 이슬 맞고/ 몸을 팔던 여자는 천식으로 늙어 간/ 전당포"(「사북 전당포」)만 남아 있는 곳이다. 그곳은 "막장에 뼈를 묻은 동지들의 원혼"(「사북」)과 "탄부들의 목소리가 검은 골목을 떠돌고"(「태백선」) 있는 곳이다. 시인은 그곳에서 살아가는 낮고 작은 사람들에게 따뜻한 관심과 공감의 마음을 갖는다.

권혁재 시인의 사회적 소수자에 대한 관심은 비정규직 노동자에 관한 것으로 이어지기도 한다. 비정규직 노동자 문제는 우리 사회가 지닌 노동 시장의 이원화 문제와 관련하여 매우 중요한 이슈에 속한다. 시인의 이러한 문제에 관한 관심은 사회적 소수자를 포용하면서 그들과 정서적 공동체로 함께 살아가고 싶은 소망과 관련된다.

> 계약서도 쓰지 못한 업무의 대타자다
> 백지의 문서거나 빈 용기로 쓰러질 때
>
> 비정규직 임시 파견 노동자의 직책에
>
> 가득 찬 설움이 넘쳐
> 말라 버린 커피 자국
>
> 문신같이 꾹 눌러쓴 간절한 구호들
> 먹다 남은 커피에 담뱃재로 지워지고
>
> 물에 불은 종이컵은 쓰레기통으로 던져진다
>
> 한 개의 빈 종이컵이
> 책상에서 굴러떨어진다
>
> —「일회용 종이컵」 전문

이 시에서 "비정규직 임시 파견 노동자"를 "일회용 종이컵"으로 비유한 것은 흥미롭다. 우리 사회의 "비정규직" 노동자 문제는 우선 정규직 노동자와의 차별적 처우에서 비롯된다. "비정규직" 노동자들은 정규직 노동자와 동일한 업무를 담당하더라도 경제적, 사회적 처우는 형편이 없다. 우리 사회는 오늘날까지도 단지 정규직이 아니라는 이유로 "비정규직" 노동자들에게 임시 방편적인 삶을 살아가도록 강요하고 있다. 그는 이 시의 첫 구절처럼 "계약서도 쓰지 못한 업무의 대타자"에 불과하여, "설움이 넘쳐/ 말라 버린 커피 자국"과 다르지 않다. 그들이 마시는 "커피" 역시 "물에 불은 종이컵"에 담긴 것이기 때문이다. "비정규직 노동자"는 커피를 마신 후에(혹은 재떨이 역할까지 한 후에) "쓰레기통에 던져"지는 "일회용" 소모품과 다르지 않다. 그의 생애는 "책상에서 굴러떨어지"는 "빈 종이컵"처럼 가진 것 없이 가난의 나락으로 떨어지고 만다. 이 시는 권혁재 시인의 시심 속에 우리 사회의 불평등에 대한 따뜻한 배려심이 자리 잡고 있음을 증명해 준다.

시인이 낮고 작은 것들을 노래하는 것은 그 역설적 의미를 발견하기 위한 것이다. 타자의 역설이라고 할 수 있을 이러한 인식은 이 시집에서 죽음 혹은 죽은 사람에 관한 것과도 연관된다. 죽음은 삶의 타자로서 삶을 존재하게 하는 역설적인 존재이다. 죽음은 때로 그 사람의 삶을 더욱 값지게 만들어 주는 요소로 작용한다.

죽기 전에 부른 노래 중 절창이다

가시가 눈동자에 깊게 박힌 상처로
은하수 물결 타고 남실대는 우수의 눈

사랑은
혁명과 함께
잊힌 지 한참 된,

각혈이 시작되고 목이 부은 채
폐부 깊숙이 들어앉은 오랜 한을

한 겹 벗겨서 손끝으로 내던지는

무대 위
시린 바람이
암전으로 떠돈다

—「뮤지컬 배우」 전문

이 시의 주인공인 "뮤지컬 배우"는 "각혈이 시작되고 목이 부은 채" 죽음을 맞이한 예술가이다. 이 예술가는 "상처"와 "우수"로 얼룩진 삶을 살았지만 "절창"을 불렀다고 한다. 그럼에도 불구하고 그의 "사랑은" 혹은 그가 부른 "사랑은" 이제 "혁명과 함께/ 잊힌 지 한참 된" 것이 되고 말았다. 하여 현실 사회 혹은 예술계에서도 소수자인 "뮤지컬 배우"의 삶과 그의 노래에는 항상 "폐부 깊숙이 들어앉은 오랜 한"이 자리를 잡고 있었다. 그가 "한"스럽게 살 수밖에 없었던 이유는 진정한 의미의 "사랑"과 "혁명"이 사라진 시대로서 예술도 존재하기 어려웠기 때문이다. "사랑"과 "혁명", 그리고 예술의 공통점은 비루한 현실 너머의 이상 세계를 향한 열망에 있을 터, 그런 것들이 사라진 세상에서 노래 하나로 더 나은 세상을 꿈꾸던 "뮤지컬 배우"의 가슴("폐부")은 "한"으로 채워질 수밖에 없다. 그러나 그의 노래는 "한을// 한 겹 벗겨서 손끝으로 내던지는" 역설적 행위이다. 이것이 바로 삶의 순간에 죽을힘을 다해 부른, 이 시의 서두에서 말한 "죽기 전에 부른 노래 중 절창"이다. 사회적 소수자를 향한 관심은 "고독사가 늘었다는 뉴스에 가려워지는 몸/ 가려운 곳은 항상 손이 닿지 않는다"(「횡풍」)라고 시구에도 나타난다.

죽음을 애도하는 일은 단지 죽은 자를 떠나보내기 위한 것이 아니다. 오히려 그의 삶을 기리면서 오늘 여기에서 존재케 하기 위한 것이다. 그리고 그것은 모든 생명의 존재의의는 죽음과 짝패를 이룬 것이라는 자연의 원리와 연관된다.

동남풍이 불기 전에 한번 다녀가라고

꽃들이 북진하며 자진해서 지고 있다고

부고를 듣고 찾아온

지문 없는 사람들

떨어진 꽃잎을 거두며 가다가

밟혀 문드러진 길섶에 마냥 서서

꽃 눈물 떨어트리며

조문받는 동백을 보았지

허공을 붙잡고 우는

만상주 동백을 보았지

—「문상」 전문

이 시는 "동백"의 낙화를 노래하고 있다. "꽃들이 북진하며 자진해서 지고 있다"라는 것은 낙화가 남쪽에서부터 북쪽으로 이어지는("북진") 자연 현상과 관계 깊다는 사실을 드러낸다. "동백"의 죽음(낙화)을 알리는 "부고를 듣고 찾아온/ 지문 없는 사람들"은 동백꽃을 완상하기 위해 찾아온 선남선녀일 터이다. 그들은 동백꽃을 보러 왔다가 꽃송이째 툭툭 "자진"해서 떨어지는 낙화의 장엄한 광경을 만난 사람들이다. 그들이 "동백" 나무 아래서 고개 숙여 떨어진 꽃송이를 바라보는 모습을 보면서 "조문받는 동백"이라고 상상한 셈이다. 자식 같은 꽃송이를 떨어뜨린 "동백" 나무가 빈 하늘과 어우러진 모습을 "허공을 붙잡고 우는/ 만상주 동백"

으로 표현한 것도 같은 맥락이다. 이 시에서 동백꽃의 낙화와 그것을 완상하기 위해 모여든 사람들을 "문상"의 풍경으로 본 것은 아주 흥미로운 시상이다. "동백"의 낙화라는 사소한 현상에서 삶과 죽음, 자연과 인간이 하나라는 우주의 원리를 발견하고 있는 셈이다. 이처럼 일상이나 자연 속에서 유의미한 시상을 발견하는 일은 이 시집에서 빈도 높게 나타난다.

삶의 타자로서 죽음에 관한 인식은 "너의 유분을 바람이 밀고 가면/ 물살로 받아 주는 파도의 제의"(「공현진」)에서도 인상 깊게 드러난다. 이 시구에서 죽은 이의 "유분"을 바다에 뿌리면 "파도"는 기꺼이 경건한 "제의"처럼 받아들인다. 인간의 죽음이 자연과 일체화되는 신성한 일이 된다. 또한, "썰물 때 받은 휑한 그의 늦은 부고"의 주인공이 "어은돌 해풍 속도를// 추월해서 섬쪽으로 사라졌다"(「어은돌에서」)라고 할 때도 그렇다. "부고"의 주인공이 "섬쪽으로 사라졌다"고 인식하는 것 역시 죽음이 자연으로 돌아가는 일, 자연과 일체화를 실현하는 일이라는 사실을 드러낸다. 또한, 이 시집의 죽음은 살아 있는 자들의 삶을 깊이 성찰하고 고양하는 일련의 정신적 기제로 작용한다. 가령 "달포 전 받은 선배의 부음 문자"를 보면서 "영영 떠나지 못하게/ 수락 버튼을 눌렀다"(「늦은 페친 수락」), "죽은 둘째 형이/ 온몸이 젖은 채로/ 나를 불렀다"(「만조」)와 같은 시구에서 죽음은 산 사람의 삶을 확장해 준다. 더구나 "죽음을 열애로 맞는/ 얼굴빛이 환하다"(「사제의 열애」)에서 죽음은 사람들에게 아름다운 삶의 의미를 깨닫게 하는 기쁨을 전해 준다. 죽음이 삶의 깊이와 넓이를 더해주는 소중한 것으로 재발견되는 대목이다.

3. 눈물방울로 읽는 시

낮고 작은 것들은 철학적 용어로 바꾸면 타자라고 부를 수 있다. 타자는 주체의 반대자가 아니라 주체의 가치를 높이는 역설적 존재이다. 타자는 때로 권력화된 주체와의 이항대립마저 무력화하는 존재이다. 앞서 살폈던 삶의 타자로서 죽음뿐만 아니라 사회적 타자들도 마찬가지다. 해체철학자 데리다(Jacques Derrida)는 이주자, 난민, 성소수자, 비정규직 노동자 등과 같은 타자들 혹은 사회적 소수자들을 환대하는 삶의 소중함을 역설한다. 사실 사회적인 비주류가 없다면 주류가 있을 수 없을 터, 주류는 비주류의 존재로 인해 그의 궁극적 가치를 인정받을 수 있다. 하여 지혜로운 인간이라면 타자를 환대해야 하는 것은 아주 당연하고 자연스러운 일이다. 시인은 이러한 일을 언어를 통해 실천하는 사람이다. 시인은 사람들이 외면하더라도 인간의 진실한 삶을 위해 반드시 있어야 하는 것을 탐구하는 존재이기 때문이다. 권혁재 시인은 시의 독자 역시 그러한 탐구의 과정에 동참하는 사람이어야 한다고 강조한다.

눈에서 먼바다의 파도가 출렁인다

갈피에 내려앉은 물새가 흩어지고

입속을 맴도는 문장

물낯같이 잔잔하다

접속사 끊어진 구절에서 한숨 쉬다

행간의 사이마다 무릎을 툭툭 치는

굳은살 박인 낱장에

눈물방울 떨군다

—「시집을 읽는 여자」 전문

이 시의 주인공은 제목에 드러난 대로 "시집을 읽는 여자"이다. 이 "여자" 역시 낮고 작은 것들과 공감을 하면서 스스로 그런 것들과 하나가 되는 존재이다. 시를 읽으면서 "먼바다의 파도"와 "물새"를 상상하면서 시의 "문장"들과 하나가 되고 있다. "입속을 맴도는 문장"이 "물낯같이 잔잔하다"라는 것은 "여자"가 시 속에 등장하는 자연과 일체가 되었음을 의미한다. 또한 "접속사 끊어진 구절", "행간의 사이", "굳은살 박인 낱장" 등은 모두 시에 반영된 시인의 굴

곡진 삶을 의미한다. 이러한 삶이 살아 있는 시를 읽으면서 "눈물방울 떨군다"라는 것은 온전한 공감의 상태에 도달한 것이라 할 수 있다. 이 시에 등장하는 "시집"은 권혁재 시인의 이 시집과 다르지 않을 터, "여자"가 "시집을 읽"으면서 이처럼 공감하는 것은 시가 낮고 작은 것들을 향한 환대의 언어로 구성되었기 때문이다. 다시 말해 이 시집이 감동을 주는 이유는 "눈물방울"처럼 작고 낮은 곳의 존재를 위한 사랑의 시심으로 가득 채워져 있기 때문이다.

권혁재 시에서 낮고 작은 것들을 향한 환대의 시심은 다른 시편들에서도 빈도 높게 나타난다. 가령 「재첩국」의 "가녀린 작은 몸", 「무임승차」의 "작은 꽃 웃음", 「저녁 밀물」의 "한평생 디딘 바닥", 「낭도 벽화」의 "낡은 담장", 「중앙분리대의 고라니」의 "자동차 불빛에 반사된 두려운 얼굴", 「환승역」의 "아내의/ 작은 손짓", 「입산」의 "빈 바랑", 「물앵두」의 "종부의 작은 손등", 「맹지」의 "길이 꺼진 오랜 집" 등은 이 세상의 낮은 곳에 존재하는 작은 것들이다. 이 시집은 이들을 위한 환대의 언어로 충만하다. 그 언어에 귀를 기울이면서 이 시집의 주인은 마음의 품이 넓고 따뜻한 사람임에 틀림이 없다고 생각해 본다. 무릇 시적 상상의 차원에서 작고 낮은 것들은 자연과 우주와 인생의 위대한 가치를 발견하게 해 주는 소중한 존재이다. 시는 궁극적으로 역설의 언어 형식이기 때문이다. 낮고 작은 것들을 환대할 줄 아는 권혁재 시인은, 진정으로 시가 지향하는 궁극의 지혜를 터득한 사람이라고 말할 수 있다. 이 글의 제사題詞에서

"물낯의 부드러운 힘"이 "승진호 배를/ 서서히 들어 올린다" 라고 노래했듯이.